AF246154

INCOHÉRENTES PENSÉES

AUTOUR DU BUDGET

H. B.

PARIS

IMPRIMERIE A. PANVERT

9, RUE DES FOSSÉS-ST-JACQUES

—

1888

INCOHÉRENTES PENSÉES

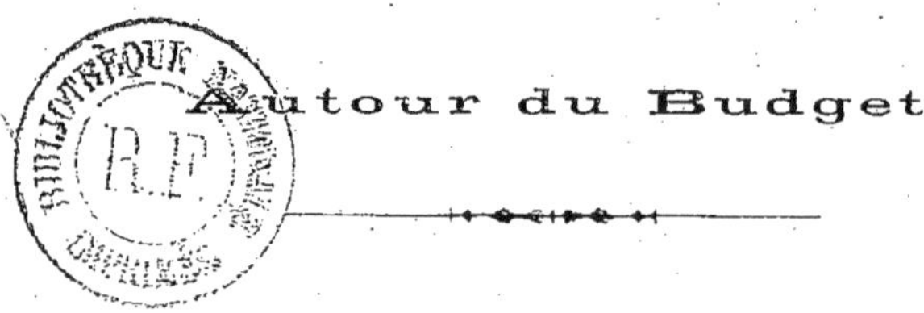

Autour du Budget

Qui n'a point vu ou conçu, une fois dans sa vie, cette scène d'une tristesse imposante, où le père, le soir à table, ou au coin du feu, semble un instant recueilli, torturé plus par une préoccupation pénible de l'esprit que par la fatigue du corps. Il la dira. Là n'est pas sa moindre souffrance. — L'argent manque; le désordre est à la maison, la dépense irréfléchie et futile..... Que chacun se réduise... Un jour viendra, où même l'on ne pourra faire face au strict nécessaire... — Tous écoutent silencieux, quelques jeunes songent à Rolla . . . .

Bah!... Pour l'Etat c'est autre chose, le revenu ne peut manquer, loin de régler la dépense, il se règle sur elle. . . . . .

Vaine apparence, — en dernière analyse, c'est le revenu de l'Etat qui vient régler la dépense des particuliers, et quelquefois dans de dures circonstances. — Il n'attend pas son dû. — Le terme du loyer arrive,... le désespoir, la folie, la misère, les mauvais instincts, la mort. . . . .

Que dire,... que veut-on?... Créer une nouvelle Chambre de députés, *La Chambre Budgétaire?* — On ne peut être au four et au moulin; tandis que l'une gérera nos finances, (et pour cela n'aura pas trop de toute son année), l'autre discutera les institutions économiques et politiques? . . . .

. . . .

Une seule Chambre, faisant son menu de chaque semaine:

cinq jours du bouilli et deux jours des rôtis variés ? . .   .   . . .
.   .   .   .   .   La durée de pareils systêmes ? .   .   .   .   .   .
.   .   .   le néant .   .   .   .

.   .   .   .

Une liquidation des arriérés, et, pour vivre, ce durant on
emploiera les mêmes verres que la lanterne magique a montré
l'an écoulé. — Donc point de nouveau cliché budgétaire à pré-
parer ; on se consacrera entièrement à ceux de demain. L'appareil
lui-même sera modifié, et les spectres seront d'un fini merveilleux.

Ils s'useront à leur tour, c'est la loi de la succession des
temps. .   .   .   .

Passembleu vous avez raison, Duc, notre roi seul est capable
de donner une solution ; lisez son écrit : **UN BUDGET FIXE,
IMMUABLE**. .   .   .   .

— Vous raillez ? — la formule n'est pas absolue, et les besoins
nouveaux trouveront leur satisfaction dans le droit d'opérer les
changements nécessaires avec le concours de trois volontés : le
pouvoir législatif, le pouvoir exécutif, le roi — qui les domine
tous........ Le veto d'un seul sufît pour tout arrêter.

— Mais comment les mettre d'accord, quand à deux ils ne
peuvent déjà s'entendre ; et quand un seul serait peut-être bien
en peine d'accorder ses motifs déterminants. .   .   .   .

Les anciennes traditions, endormies au quatorzième siècle, ber-
cées par la voix des Etats généraux sous Philippe VI, devront
leur réveil à Philippe VII. Et les rois, au jour de leur sacre, ne
prêteront désormais serment de ne lever sur le peuple aucun
impôt extraordinaire sans l'octroi des Etats. .   .   .   .

Tu rêvais, ô roi spirite, quand ta main inscrivit ce réveil au
beau milieu de tes Instructions.....
La roue du cric avance et ne recule jamais ; ainsi vont les
institutions d'un peuple, les vouloir ramener en arrière, c'est
briser la machine, ou se briser soi-même .   .   .   .

.   .   .   .

Tout bien considéré, mieux vaut rester où nous en som-
mes, — chacun se le dit au douzième mois. Mais quand l'année

suivante est là, avec les souhaits fleurissent les mêmes promesses
stériles de fécondes réformes . . . .
. . . .

Pourquoi vieillir pendant trois mois? — On reculera l'éclosion
de l'année budgétaire. — C'en est fait! — Non pas, la pierre,
que Monsieur Clémenceau a jetée sur le cabinet Rouvier pour la
faire ricocher, s'est fichée en un trou de la muraille; aux vibra-
tions des voix elle retombe aujourd'hui sur le plancher de la
Chambre, qui semble soupirer: « *Nous voulons gagner du temps;
c'est le temps qui nous gagne.*
. . . . . Entends-tu, Jupiter, du haut de ton Olympe, les
plaintes de tes fidèles? . . . .
. . . .
. . . .

La Commission et le Gouvernement, chacun armé d'une paire
formidable de ciseaux fraîchement affilés, se fatiguent les doigts
à tailler un dur carton. — Coupé pour de larges épaules, il le
faut maintenant ajuster à de plus petites. — C'est à qui en-
taillera le plus, sans prendre souci de la forme . . . . . .
. . . . . Les mains ensanglantées par de si rudes labeurs,
il est temps de souffler..... On juge les coups.....
Horreur!... tout est gâté..... Informe!......... Trouble.....
Accusations réciproques..... Ils se menacent l'un l'autre de leurs
armes... Qui succombera? — Celui-ci, mais celui-là sera vaincu.
. . . .
Le temps ne trouve que des débris, et l'on en fait, tant bien
que mal, un linceul pour couvrir l'année au râle.

Une autre porte son deuil, qui succombera pareillement . .

Le désordre est à la maison, la dépense irréfléchie et futile.

L'ordre c'est vouloir, et nul ne veut.

..... Tour de Babel!..... On ne parle déjà plus la même
langue,... qui budget, qui économies, qui réformes, qui suppression des fonds secrets, qui du service des cultes, qui de ceci,
qui de cela, qui de rien.

Bien fin si tu peux démêler, dans le nombre de tes dépenses, les ordinaires des extraordinaires, tellement celles-ci, parisites, s'accrochent à celles-là pour renaître chaque année avec elles.

Faut-il couper l'arbre ou ses rameaux?.... Tuer pour sauver!.... Le lierre l'enlace et l'étouffe.... Jardinier, prends ta serpe, branche par branche dégage-le de cette étreinte. Rien n'est perdu si ta raison ne l'est.

Ton propre amour t'aveugle, tu mets un frein aux débordements de tes pupilles, et ne sais régler les tiens, qui te mènent hardiment à la ruine.

Que craignait-on le 10 août 1871 et le 5 avril 1884, quand on voulut donner aux Conseils généraux et municipaux une plus grande liberté dans la gestion de leur fortune?..... (Mirage d'autonomie, pensée vague et lointaine; — germe d'une transformation politique, que l'An III laissa tomber, et qui n'attend qu'un bon vent pour la transporter d'un terrain mal approprié à son développement sur celui qui lui convient; — frai qui n'est point encore fécondé)..... L'ordre public,..... barrière, hérissée de pointes, à laquelle se heurte toute individuelle liberté en expansion, pour le mal de chacun, pour le bien de tous;... L'ordre public..... dont la garde est confiée à l'État, qui est plus qu'un, plus que quelques-uns, plus même qu'un grand nombre, qui est tous dans la République, (ce que l'on dit souvent, sans comprendre);... L'ordre public,..... la vie pour le sang qui réside au cœur, mais étend ses ramifications jusques aux plus extrêmes parties des membres;..... l'ordre public...... enfin, devait être mis à l'abri de toute atteinte, de tout trouble porté à ses fonctions vivifiantes dans la marche de ses moindres services...

Il fallait,... il faudra toujours,..... sur quelle surface que ce soit, en éviter la décomposition, tant la gangrène ou l'anémie est prompte à se propager. Elle eut été inévitable si l'alimentation nécessaire à sa conservation avait été livrée au gré de partielles volontés... En lui réside la vie de tous.

Il importait au dernier chef d'en assurer les moyens indispensables d'existence, en contraignant les Conseils généraux et Municipaux à y consacrer leurs premières ressources. — Frais obligatoires, — dépenses obligatoires propres à garantir le fonctionnement régulier des services, auxquels cet ordre public, représenté

par l'Etat, est intéressé, bien qu'il en donne souvent la direction
à ces personnalités, mais non sans contrôle.
. . . . . . Qui ne l'a pas compris?... Combien pourtant
feignent l'ignorer ou l'oublient ? . .

Le législateur lui-même, pour lui; car il n'a aucune méfiance
de sa force et de sa sagesse.

Qu'en penser?..... Qu'en croire?..... Le doute, c'est l'insulte;
la méfiance, la négation de toute volonté.

— Nullement, c'est le suprême de son affirmation. — Les
mauvais penchants abondent, la raison les éclaire et les combat.
— Le sage ne l'est que parce qu'il s'est tracé une ligne de con-
duite, et a fixé par avance les moyens qui l'empêchent de s'en
écarter. — Vouloir aujourd'hui ce qu'il faudra vouloir demain,
c'est l'ordre assuré.

Est-ce là la règle de nos dépenses publiques? . . . . . .
. . . . . Elles ont été divisées, comme on l'écrivit en
1862, en ordinaires, devant se reproduire chaque année, et extraordinaires, que nécessitent les événements imprévus. — Mais que
conclure aujourd'hui de la lecture des premières en un livre du
budget? Si non, que l'on a fini par prévoir chaque année cer-
tains imprévus, tant dans la catégorie du matériel que du per-
sonnel; les secondes demeurent pour les cas les plus imprévus,
les imprévus que l'on n'a pu absolument prévoir... Où s'arrêter?
.... Comment se retrouver?..... Faut-il tout abandonner,
tout détruire?

Tuer pour sauver!

On les discute un mois.

Que ne rétablit-on l'ordre? — Que ne secoue-t-on la pous-
sière qui couvre le souvenir de 1871 et de 1884? —

Que ne dit-on: Il en est parmi les dépenses ordinaires qui
sont destinées à l'entretien et au fonctionnement régulier des
services publics; — je dis l'*entretien strict*, le *fonctionnement
strict*; — ce sont les plus indispensables au maintien de l'ordre.
Tout autres sont celles affectées à l'amélioration, qui chaque
année doit se produire, non seulement comme un embellisse-

ment, mais même comme une presque nécessité, moins *stricte* cependant.

Que celles-ci soient facultatives, celles-là obligatoires. — Obligatoires, non en ce qu'elles sont immuables, — rien ne l'est ; — mais en ce qu'elles naissent obligatoirement des services organisés par les lois, au point que, si l'une d'elles n'est pas comprise dans le vote du budget, le service existe légalement, et cependant son fonctionnement est paralysé faute d'alimentation.

. . . .

Ton cheval est beau et de grande valeur ; tu le laisses mourir de faim ? — Prends garde, — cela causera un trouble dans ta fortune. — C'est un luxe, — vends-le. — C'est une utilité, — remplace-le. — Une nécessité, nourris le....... Mais prends une détermination.

. . . .

Ce n'est plus de la confiance en soi-même, c'est à la fois vouloir et ne pas vouloir ; — c'est la pire négation de la volonté, c'est le désordre.

Que chaque service soit étrillé, — rien de mieux. — Que l'on classe ce qui est *strictement* nécessaire, et ce qui ne l'est pas, — parfait.

Que si la nécessité d'un service public n'apparaît pas clairement, — il soit mis au rang des choses utiles ou de luxe.

Ne peut-on comme criterium prendre l'intérêt absolument général de la Nation ?

. . . .

Tu as des employés ; tu veux être prévoyant pour eux ; tu leur assures une retraite ; — et, malgré les intérêts de cette retenue, malgré le bénéfice que te procure la mort de ces pauvres gens avant le terme, — tu en es de ta poche chaque année.

C'est d'un fort bon patron ; — bon cœur. — Est-ce strictement nécessaire ? — Ce peut être, tout au plus, avantageux pour l'exemplarité et pour le recrutement des ouvriers, — et encore. N'es-tu pas lié avec eux ? — Peux-tu par un revirement justifié de sentiments les chasser, leur enlever leur pain ? —

lls te servent mal ; quelle que soit la faute qu'ils commettent, ne crains-tu pas l'accusation de ne sévir que par calcul ?

. . . .

C'est qu'en réalité l'Etat s'ingère dans des intérêts particuliers, il sort de son rôle, — il y a là un service d'une nature particulière.

Que d'autres services, ainsi envisagés ne faudrait-il pas examiner ? — Les uns étendent trop leurs branches, et d'autres pas assez.

. . . .

Voilà, — les services sont révisés ; — et après ? —
Ce n'est pas tout en effet, il faut estimer les dépenses qu'ils vont nécessiter pour pouvoir fonctionner. — Bon, et après ? — Il faut dire : on veut avoir des services publics, — on doit en prélever les frais sur les premiers deniers rentrant, sans qu'il soit besoin de spécialisation.

Et si moi, peuple, je veux les changer ? — Tu les changeras, — mais tu ne peux pas vouloir des services publics sans bourse délier ; — ce ne serait point juste, — et tu porterais, en refusant d'en payer les dépenses, un désordre dans ton organisation même, en qui réside ta volonté.

Temps gagné, argent épargné.

Mais, dis-tu, c'est abdiquer ton droit imprescriptible et inviolable de voter tes dépenses, et tes impôts chaque année.
— N'ergote pas, — peux-tu vouloir n'acheter ni pain, ni autre nourriture ? — Autre chose est quand tu déclares : — au lieu de pain sec, je dînerai fort bien, — au lieu de ne rien faire, je travaillerai. L'argent te viendra du travail, et le dîner de ton argent.

Il est des choses nécessaires, dont on ne peut se passer, sans risquer un désordre, qui trouble le travail et partant la production.

Ne t'en prive pas au hasard, sans savoir comment tu les remplaceras.

Tu es, — et tu dois être chaque année, — absolument maître

de te dire : telle chose ne m'est qu'utile, je puis la supprimer, la remplacer, il n'en résultera qu'une privation et rien de fàcheux ; — ou encore — je prendrais mes ressources ici pour cette année, tandis que je les avais prises là l'an passé ;... celui-ci s'est ruiné, il est pauvre, tandis que celui-là s'est enrichi.

. . . .

Las des lamentations des plaideurs et autres, qui accusent le principe de la gratuité de la justice de n'être qu'un piège, tu veux tenter une réforme..... On te propose de supprimer les avoués et les avocats? — Demande-toi quel en sera le résultat ; la diminution des frais? — Point..... Ils changeront de poche, et passeront dans une autre, moins scrupuleuse : celle de l'homme de loi, cousin-germain de l'homme d'affaires..... Tu n'auras enlevé au plaideur qu'une garantie, créée aussi bien à son encontre qu'à celui de son adversaire, qui peut être homme de paille, parfait filou..... Cela seul ne suffirait-il pas à sombrer un pareil système..... Que faire?..... Ne pourrais-tu, ici encore, donner une solution semblable à celle que tu as admise dans une matière de même ordre?... Les ventes immobilières... On dirait : quand la demande principale ou incidente ou le jugement, ou bien l'un d'eux, ne dépasseront pas séparément 1500 fr., les droits de l'enregistrement, pour chacun, seront supprimés ; — si la somme est inférieure à 5,000 fr. ils seront diminués de moitié ; — si elle est supérieure et va jusqu'à 10,000 fr. rien n'est changé ; — si enfin elle atteint différents chiffres successivement supérieurs à ce dernier, les droits seront augmentés de 1/4, 1/3, 1/2..... 0/0.....? — En un mot ajouter au système proportionnel existant le progressif? — Ne serait-ce pas équitable de faire payer à chacun suivant l'intérêt qu'il a à s'adresser à la justice, ce qui est loin d'être seulement proportionnel?..... Cela ne supprimerait-il pas les exagérations contenues dans les demandes? et bien autres choses......

. . . .

Vote ton impôt tous les ans en tenant compte des circonstances du temps ; — c'est d'une volonté éclairée. — Vote aussi, comme tu l'entends, les dépenses qui ne sont que du superflu ;

— c'est au moins aussi sage que d'établir obligatoirement celles qui te sont nécessaires à payer le grabat où tu reposes.

Tu le désires changer? — Eh bien, change-le. —

Un service public est jugé inutile, ou le devient en partie? — Que ne fait-on une loi qui le supprime ou le réorganise, en fixant sa nouvelle dépense.

La loi sera faite, non par une abstention, une négation de vote, mais au contraire par un vote, une affirmation. — Si l'on veut une modification, que ne la formuler, que ne l'édicter par les voies ordinaires, plutôt que d'en bourrer les lois de finances.

. . . .

Salade financière : — questions budgétaires, réforme de telle loi, addition à telle autre, suppression partielle de celle-ci, modification de celle-là, — toutes herbes. — Noir brouet, pouah ! — Tout rogné, — coupé, — préparé, confectionné en hâte, — à la dernière heure. — Quoi, une revue de fin d'année. — Rarement du bon, jamais du très bon, toujours du mauvais. — chacun y trouve un peu de son goût; mais la masse est médiocrement satisfaite. — Si l'on s'en console c'est qu'on a l'espoir de se rattraper le lendemain. —

Une roue de déceptions mise en perpétuel mouvement par les déçus eux-mêmes.

. . . .

C'est vrai ; cependant il y a un mais. — Ne serait-ce pas perdre un moyen de contrainte à l'encontre du gouvernement?

Insensé !

. . . .

Diras-tu à ton palefrenier: vous ferez ceci, ou sinon, je ne vous donne ni avoine, ni foin pour mes chevaux?

Que si tu connais ses sentiments pleins de sollicitude et de bonté pour ces excellentes bêtes, — ou parce que son cœur lui montre, comme un devoir, de ne les pas laisser souffrir; — que si tu penses le contraindre à t'obéir par la menace — (l'oserais-tu avouer?) — Quel en sera le résultat? — Une transaction... fort peu morale à coup sûr,... et non moins périlleuse, car tu

n'obtiendras qu'une satisfaction incomplète — (ce qui t'enragera),
— et tes bêtes, moins nourries qu'elles ne devraient l'être, feront
également un piteux service.

Sois plus conséquent avec toi-même, chasse ton palefrenier,
vend tes chevaux; si besoin est, prive-toi du service des uns et
des autres.

. . . .

Non. — Ta crainte, je la sais. Tu te défies de ton frère
aîné, — s'il ne voulait pas ce que tu veux, — s'il allait donner
raison au palefrenier? — Qu'elle humiliation!

Nul n'a subi d'humiliation, qui n'y a couru au devant.

N'est-ce pas votre fortune commune que vous gérez ensemble?
— Peux-tu l'exposer sans son avis?

Tant qu'il vivra, veux-tu le tenir pour étranger? —

Et quand bien même il ne serait plus là pour t'avertir, et
t'empêcher de te perdre (si tu le juges bon), ne dois-tu pas,
dans tes moments de sang froid et de réflexion, te prémunir
contre tes emportements, dont les conséquences te sont si
funestes?

Les bonnes résolutions sont-elles le privilège d'une volonté
momentanée, passagère, — (un vrai caprice), — en mauvaise humeur?

Tu le menaces dans son existence, parce qu'il ne veut t'obéir,
— autocrate! — il se défend, — tu veux régler son compte,
après tout qu'est-il de plus? — plus vieux. — Mieux encore, il
te veille, cela te gêne. — Qu'as-tu besoin d'un censeur trié sur
le volet? —

. . . .

Pourquoi une seconde Chambre, et plus vieille? — pour accé-
lérer les affaires en souffrances? — Mon pas; c'est le contrôle
mutuel des idées neuves et des rassies, — des inspirations et
des élans sentimentaux et généreux de la jeunesse en même
temps que des calculs de l'âge mur.

C'est un reflet idéal de l'organisation de la famille. — . . . .

. . . .

Un père quand les fils sont grands est plus qu'un père, — il
est aussi un frère aîné de bons conseils.

— Le garder près de toi?

— Qui n'a besoin de bons conseils?

Sont-ce bien ces idées qui ont fait admettre son élection par degrés ? —

Sans nul doute pour l'âge de l'éligibilité; mais le mode d'élection actuel ne répond à rien.

. . . .

Comme aurait pu l'écrire un philosophe d'autrefois, si mon premier jugement peut être vicieux, quand je nomme un autre citoyen pour porter un second jugement, mon choix peut être également vicieux, et le second jugement aussi; en sorte que tous les choix, tous les jugements successifs jusqu'au définitif seront vicieux. —

. . . .

Veut-on le suffrage universel? — C'est passer d'un extrême à l'autre, l'idée ne sera pas mieux rendue. Quelle différence y aurait-il avec la Chambre? — l'âge. — Non pas, — on en trouve à la Chambre d'âge à être sénateurs.

Ce seraient des frères jumeaux, ou peu s'en faudrait. Il n'y aurait que rivalité, ou accord trop parfait.

Ne la réaliserait-on pas en renversant les termes du suffrage universel? — Tout porte à le croire; ce serait moins pour les éligibles que pour les électeurs qu'il faudrait mettre une condition d'âge. — Que ne la prescrire pour les uns et pour les autres?

Les élus de tous les citoyens, ayant la majorité normale, plus nombreux que les élus des hommes, ayant atteint une majorité spéciale, réduits par le temps et connaissant mieux les besoins et les devoirs de la famille.

Un apprentissage du droit du vote. Le respect du jeune pour l'expérience de celui qui l'a précédé dans la vie.

Enfin, on change moins sa manière de voir quand l'âge est venu; ce qui justifierait, quant aux électeurs, la plus longue durée des pouvoirs conférés aux membres du Sénat.

Les idées nouvelles séduisent souvent, parce que l'on en connaît moins la portée pratique et la valeur éprouvée.

Le chasseur prépare le miroir, en tire la corde, le fait étinceler; — les alouettes folles, éblouies, arrivent en foule..... Malheur à elles!..... c'est leur perte.

Le chasseur rentre content.

. . . .

Quelle tristesse!..... Les filets sont souvent tendus par les hommes pour les hommes.

L'ordre public est ébranlé.

Quand on est assuré qu'une pierre manque à sa base que ne s'empresse-t-on de la poser.

. . . .

Hélas!... Folie humaine..... Vains discours..... Incohérentes pensées.

Paris. — Imp. A. PANVERT, 9, rue des Fossés-St-Jacques

www.ingramcontent.com/pod-product-compliance
Lightning Source LLC
LaVergne TN
LVHW051018060726
842524LV00007B/2678